Le Corsaire

Ballet Stories, produced by
Tetsuya Kumakawa

303 BOOKS

コバルトブルーの海を進む一隻の船。海賊たちは海から海へとわたり、
財宝を得ながら、終わりのない旅を続けていた。

コバルトブルーの海を行く海賊たち

　ギリシアの西に広がる美しいイオニア海。コバルトブルーがどこまでもすきとおるようなその碧（あお）い海を、颯爽（さっそう）と進む一隻（せき）の船があった。

　コンラッド率いる海賊船（かいぞくせん）だ。従えるは、彼（かれ）の右腕（みぎうで）ともいうべき忠実なアリ、荒（あら）くれ者のビルバント、そして、勇ましく命知らずな男たちばかりだった。七つの海を縦横無尽（じゅうおうむじん）に駆（か）けまわり、荒波にもまれ、嵐に打ち勝ち、多くの戦いをくぐりぬけてきた。

　コンラッドは大胆不敵（だいたんふてき）な海賊の首領だ。端正（たんせい）な顔立ちに、長身で鍛（きた）えぬかれた肉体をもち、豪傑（ごうけつ）な海賊といえども、高貴な雰囲気（ふんいき）もただよわせる。陽気で大らかな性格の持ち主で、面倒見（めんどうみ）よく、懐（ふところ）も深く、手下からは絶大な支持を得ていた。

　今や、海のみならず、陸でもコンラッドの名は知れわたっ

ていた。海賊という憎々しい無法者でありながら、同時に自由を謳歌するはなやかな冒険者でもある。人々は彼の名前を聞くと、畏敬と憧憬の表情をうかべたものだった。

　今回の略奪も、コンラッドたちにとって至極たやすかった。先陣を切って乗りこんだアリは、相手が戦意喪失するほどすばやく精密な剣さばき見せつけ、ビルバントが威勢良く仲間に指示を出す。圧倒的な手腕で一気に商船を制圧し、食料や財宝を山ほど手に入れた。

　これでしばらくは飲んで歌い、海のゆりかごに抱かれ休息がてらの航海を満喫できるだろう。満天の星空を肴に、男たちは心地よく美酒に酔いしれていた。

　だが、海の天候はまたたく間に変わる。一気に厚い雲が空をおおいかくし、雷とともに激しい雨が降りだした。風も強まり、船は大きくゆれ、すぐに立つことさえ困難になる。

　帆をたたみ、船から投げだされないように必死につかまる。だが、いくら無敵の海賊とはいえ、自然の驚異の前では赤子のように無力だった。強風にあおられ、柱は小枝のごとくぽっきりと折れた。海に投げだされる者もいた。アリはコンラッドから離れまいと必死に腕をつかんだが、荒れくるう波に打ちつけられ、船首へとばされると、そのまま気を失っていった……。

ギリシャの浜辺で、コンラッドとメドーラが運命的な恋に落ちる

海賊

　昨夜の嵐がうそのように、海は静けさを取りもどしていた。海賊船はなんとか沈没をまぬがれ、ギリシャの浜辺に打ち上げられたのだった。

　ここは……？

　アリが目を覚ました。体が痛む。船にゆさぶられ、あちこちぶつけたようだが、幸い、大きな傷も負わず、骨も折れていなかった。

　しだいに昨夜の記憶がよみがえる。アリは重い体を起こしながら、あたりを見まわした。首領のコンラッドは無事だろうか？　仲間たちは、どこに？

　まず目に入ったのは、仲間の中でもリーダー格のビルバントだった。倒れている彼のそばに行き、体をゆすって起こす。
「ビルバント、大丈夫か？」

彼も打ち身はあるが軽傷だった。ほかの仲間たちも、あちらこちらにうずくまっていた。なんとかみな生きのびていた。
　肝心のコンラッドは……？
　アリにとって、コンラッドは命の恩人だった。彼に自由をあたえ、冒険を共有する仲間として迎え入れてくれた。そして、単に部下としてのみならず、友として、心から自分に信頼を置いてくれた。アリは、この恩義は自分の命よりも重いと感じている。だからこそ、自らの人生をささげてコンラッドを支え、仕えると誓っていた。
　コンラッドは船のそばに倒れていた。アリは駆けより、懸命に呼びかけた。
「コンラッド！　コンラッド！」
心臓の鼓動は聞こえる。息もある。だが、なかなか意識がもどらない。
　そんな時、にぎやかな話し声が聞こえてきた。アリが目をやると、それは若い娘たちだった。
　海賊は、ひとたび陸に上がれば無法者として捕らえられ、処刑される。もし娘たちがおどろいて声をあげたり、助けを呼んだりしたら、今の状態では逃げおおせることもできず、すぐにとらわれてしまうだろう。アリとビルバントは、あわててコンラッドを抱え、船の陰に隠れた。
　娘たちは、水瓶を持っていた。飲み水を汲みにきた帰り道らしい。楽しそうに歌い、おどりながら、はしゃいでいる。
「なあ、ビルバント。あの娘たちに頼み、水を分けてもらおう。水を飲めば、コンラッドも目を覚ますかもしれない」

アリはゆっくりと娘たちに近づいた。娘たちがおびえない
よう、ていねいに頭をさげ、静かに語りだす。
「突然すまない。じつは、昨夜の嵐で船が難破し、この浜辺
に漂着した。一人が気を失ったままで……」
　娘たちの中で、メドーラと呼ばれるひときわ美しい娘が、
姉らしき娘に話しかける。
「ねえ、グルナーラ姉さん、水を分けてあげてもいいでし
ょ？　意識がもどらなかったら大変よ」
「ええ、もちろんよ。放っておいたら、命に関わるわ」
　メドーラもグルナーラも、相手が海賊であるとうすうす気
づいていた。それでも、ぐったり横たわるコンラッドを目に
して、見過ごすことはできなかった。
　水瓶を手に、二人はコンラッドのもとへ行った。グルナー
ラがコンラッドを支え、メドーラが彼の口に水瓶を近づける。
一口、二口と、新鮮な水が喉をうるおし、やがてコンラッド
の目が開いた。
　コンラッドは、朦朧としながらも、目の前で心配そうに自
分を見つめる美しいメドーラに心をうばわれた。
「あなたは？」
　思いもよらぬ熱い眼差しにメドーラは困惑した。すばやく
会釈すると、逃げるようにグルナーラたちの元へもどる。
　コンラッドは立ちあがって、メドーラを追おうとした。だ
が、まだ足元がおぼつかず、アリに支えられた。かたわらに
来たビルバントに船や仲間の状況を説明され、コンラッドは
はっとした。

ひどく損傷した海賊船が目に飛びこむ。数知れぬ冒険を共にした相棒の変わり果てた姿に、コンラッドはがっくりと肩を落とした。

　しかし、やがてまた顔を上げ、メドーラを探し、その手を取った。

「命を助けていただき、心から感謝いたす。あなたは、わたしをこの世に呼びもどしてくれた」

　深々と頭を下げるコンラッドに、メドーラの緊張がゆるみ、彼の肩を包みこむように両手を置いた。

「当たり前のことをしただけです。助かって、ほんとうに良かった」

「あなたは女神のような人だ。なんと美しく、清らかで温かいのだろう」

　ふたたびコンラッドはメドーラの手を取り、頬を当ててそのぬくもりを感じる。

　メドーラの心臓が波打つ。このように真っすぐ思いをぶつけられたことは初めてだった。どう応えればよいのか分からず、とっさに逃げ出す。すかさずコンラッドは追いかけ、また手を握ると、いっそう熱を帯びた瞳でメドーラをとらえた。

　男前でたくましく勇敢なコンラッドは、陸に上がれば女の視線を一身に集める。恋もこれまで何度も経験してきた。ただ、自分からこのように熱い視線を送り、相手を求めたことはなかった。

　一方、まだ恋を知らなかったメドーラも、とまどいながらも、胸の高鳴りをおさえられなかった。

メドーラがささげた水が、コンラッドの命をつないだ。
コンラッドの心は、恩人であるメドーラに強くひきつけられた。
メドーラも、コンラッドの熱い眼差しに胸を高鳴らせるのだった。

ランケデムの襲撃で、引き離されるコンラッドとメドーラ

海賊

　そこに、何やらさわがしい声が聞こえてきた。グルナーラが、メドーラを引きもどす。様子を見にいった娘が、奴隷商人ランケデムの一行がやってきたと告げる。

「逃げてください！　見つかったら殺されます！」

　グルナーラがコンラッドたちを急かす。この海岸はトルコ軍の占領下にあり、海賊は捕まって死刑に処される。

　しかし、時すでに遅しだった。あっという間に、ランケデムとその手下たちがやってきて、取り囲まれてしまった。

　ランケデムは様子をながめながら、頭の中で、すばやく儲けを計算した。金になるのは、もちろん娘たちだ。

「おやおや、遭難した海賊か？　見つけたのが俺で良かったな。おまえらには用はない。とっとと消えろ！」

「なんだと、おらぁ！」

気性の荒いビルバントが応戦しようとする。けれど、昨夜の嵐で船に肩を打ちつけ、思うように腕すら上がらない。

　ふだんのコンラッドたちなら、こんな輩、ひとひねりで倒せる。だが丸腰でまだ体も動かず、勝算はなかった。

「コンラッド、くやしいが、ここはひとまず逃げよう」

　アリが、まだ足元がふらついているコンラッドに言った。

　ランケデムは邪魔者がさっさといなくなり満足だった。海賊を捕まえて手柄を上げることになど、少しも興味がない。名誉で腹はふくれない。金のほうがはるかに魅力的だ。

　おまけに、目の前にいる娘たちは、かなりの上玉ぞろいだ。ランケデムは舌なめずりをした。

「おい！　娘たちを捕まえろ！　一人残らずだ！」

　手下たちは鞭であおりながら、逃げまどう娘たちをあっという間に捕らえた。一か所に集められた娘を、ランケデムが一人ひとり品定めする。

　悪くない。この娘も、なかなかだ。そして、グルナーラの美しさに、にやりとする。今日は期待以上に豊作だ。

　さらに、メドーラのあごをつかんで顔を見ると、目が邪に輝いた。うすら笑いがこぼれる。

　トルコ総督のパシャに、いくらふっかけようか。この美貌ならば、どんな高値になろうと、出しおしみしないだろう。

　ランケデムが手下に命令を出す。娘たちを縄でしばり、追い立てながら、海岸を去っていく。

　娘たちは抵抗しようとも力でかなうわけもなく、泣きながら引き連れていかれた。

奴隷商人のランケデムが浜辺を襲撃。少女たちは連れ去られた。遭難によって
体に傷を負った海賊たちはなすすべもなく、大きな屈辱を味わった。

メドーラの奪還を
固く誓うコンラッド

海賊

　浜辺に静けさがもどり、心地良い波の音が流れている。先ほど人さらいが起きたとは思えない、平穏な空気に包まれる。

　コンラッドは走り出て、遠くに去っていく奴隷商人と娘たちの姿を確認する。

　コンラッドの心に怒りと情熱の炎が燃えあがる。手も足も出ず、黙って娘たちがさらわれるのをゆるしてしまった。これまで海の上では味わったことのない、大きな屈辱感だった。

　この借りは絶対に返す！　なんとしても、あの娘たちを、メドーラを奪還する！

　大破した海賊船を嘆く暇など、どこかへ吹っ飛んだ。メドーラを取りもどすことだけに集中する。もはや、彼女はコンラッドにとって運命の女性となっていた。今ここで自分に課した目的を前に、コンラッドの不屈の闘志が激しく再燃した。

コンラッドがアリを一瞥する。アリは一瞬でさとった。首領の思惑を、いつでも手に取るようにくみ取るのがアリだ。

　二人の出会いは、コンラッドが自分の海賊船を手にした直後だった。とある商船を襲撃し、宝や食料を運んでいる最中に、すみに隠れていた幼い少年がアリだった。

　少年が顔を上げる。やせっぽちだが瞳は真っ直ぐで力強い。
「おい、ぼうず、海賊になって、一緒に冒険しないか？」

　コンラッドに聞かれると、アリはだまってうなずいた。

　この時から、アリはいつもコンラッドによりそって、兄のように慕い、首領として支えてきた。今では、ほんのわずかな表情の変化や、指先の動きを察知して、以心伝心で行動する。二人の信頼関係と絆は強固だった。
「おい、おまえら！　集まれ！」

　アリは直ちに浜辺を駆けまわって仲間を呼んだ。海賊たちはみな、嵐に打ちのめされ、すっかり意気消沈していた。

　船がここまで大破して、また海にもどれるだろうか……？
「アリとビルバントを連れて、奴隷商人にさらわれた娘たちを助け出してくる。わたしの命の恩人だ。もどってきたら出航するぞ。おまえたちは直ちに修理に取りかかってくれ！」

　コンラッドのきっぱりとした力強い言葉に、男たちは活を入れられ、ふるい立った。

　船上でなくとも、海賊の底力を嫌というほど見せつけてやろうではないか！　奴隷商人など敵ではない！

　コンラッドの勇ましい誓いとともに、アリやビルバントも敵地へ乗りこむべく意気揚々と一致団結した。

少女たちが
売り買いされる
ランケデムの**奴隷市場**

海賊

　　ここは奴隷市場。庶民には縁の無い場所だ。取り仕切るラン
ケデムが新たな奴隷を探しにいっている間、競売は開かれ
ず、雑多な喧騒のなか物乞いたちが我が物顔でさわいでいた。
　　ランケデムが帰ってきた。と同時に、待ちわびていた金持
ちも続々と入ってくる。
　　今回の狩りは、収穫が多かった。たんまりもうけられるぞ。
ランケデムはほくそ笑んだ。
　　まずは、アルジェリアやパレスチナからさらってきた娘た
ちを披露する。縄でしばられ、泣きはらした顔の娘たちが引
っぱられてくる。売人も客も、娘たちの気持ちなどおかまい
なしだ。まるで家畜のように見定め、値を付け、売りこみ、
金をやりとりする。
　　そんななか、用心深く様子を観察し、中に入ろうとする男

たちがいた。コンラッド、アリ、ビルバントの三人だった。

　しかし、金持ちらしからぬうすよごれた服装を見て、門番が三人を制止する。

「おまえらのような者が来る場所じゃない。去れ」

　コンラッドは動じない。こんな時どうすればいいかなど、わかりきっていた。門番の鼻先に金をちらつかせる。とたんに門番は笑みをうかべ、すんなり通してくれた。三人は目立たない場所で、メドーラたちが競売にかけられる時を待った。

　そこへ、トルコ総督であり、大富豪のサイード・パシャが、神輿のように従者に担がれて現れた。トルコ軍が支配するこの地の、最高権力者だ。でっぷりとした見た目は、どこか愛嬌があり、ほがらかそうな印象をあたえるが、見た目にだまされてはいけない。傲慢かつ豪腕なやり方で権力を握り、逆らう者は容赦なく厳罰に処していた。好色家で、何よりも美女を好むことが唯一の弱点と言えようか。自宅である大邸宅にはなやかなハーレムを作り、昼夜問わず美女をかしずかせ、歌におどりにと饗宴をもよおし、存分に愛でていた。

　だからこそ、美女集めに長けたランケデムをパシャは気に入り、奴隷市場にも頻繁に足をふみ入れていた。

　ランケデムが、そそくさとパシャに近より、ごますり声で話しかける。

「これはこれは、パシャ様。今日はとっておきの極上の美女をご用意いたしましたよ」

　パシャはにんまりした。もし期待にかなう美女であれば、金に糸目をつけず、いくらはらってでも買いとる。

奴隷市場は、人々の欲望がうず巻き、異様な活気に満ちている。
ランケデムは、美女たちを各地でさらってきては、この場所で競売にかけるのだった。

競売にかけられ、
嘆き悲しむ
グルナーラ

海
賊

「さあ、これから、今日の目玉でございます。ギリシャの美しい娘をご覧にいれやしょう。傷ひとつない、こんな逸品はなかなかお目にかけられませんぜ」

　うすいヴェールで顔を隠した娘たちが数人、入ってきた。その輪郭からだけでも、かなりの美女ぞろいだと想像がつく。中でも、まん中の娘は、そのたたずまいといい、人目をひきつけるものがあった。

　一方、コンラッド、アリ、ビルバントはひっそりと様子をうかがっていた。ただ、このままの装いでは目立ちすぎる。金持ちらしい服の調達が先だ。コンラッドがちらりとアリを見る。アリは小さくうなずき、すぐそばの金持ちに声をかけ、気を引いた。

「旦那、じつはあちらにも、目の覚めるような美女がおりま

して……。もしよろしかったら、お目にかけましょう」

　金持ちの男が、興味津々に耳を傾ける。その一瞬のすきに、コンラッドは彼の口を手でおさえ羽交いじめにすると、すばやく連れ去った。周囲を見張っていたビルバントとアリも何事もなかったようにコンラッドに続き、裏手へと姿を消した。

　美女のおひろめは続いている。ランケデムがまん中の娘を引きよせた。パシャをはじめ、集まってきた金持ちに娘を見せびらかすようにぐるりと歩く。顔が見える前から、女性らしいなだらかな曲線を描くその肢体の美しさに、だれもがうっとりした。やがて、ランケデムはたっぷりじらしながら、ヴェールをゆっくりとはがした。

　グルナーラだった。

　うつむき、決してランケデムと目を合わせず、全身で拒否している。しかし、どれほど顔をゆがめ嫌悪を示しても、パシャはその美しさを見逃しはしなかった。

　この娘はわたしのものだ。

　パシャは自信たっぷりに確信した。

　競売が始まる。あっという間に値がつり上がる。そこでパシャが、桁ちがいの金を出す。ほかのだれにも出せないほどの額だ。この市場の競売で、まちがいなく最高値だった。

　文句なしでグルナーラはパシャに売りわたされた。パシャは彼女を引きよせ、顔をなでまわす。一刻も早く帰り、この娘を愛でたい。どんな衣装を着せ、何をさせようか。次々と妄想をふくらませ、パシャは気色悪い笑いが止まらなかった。

　グルナーラは絶望を味わいながら、従者に連れていかれた。

男たちの視線の前に投げ出されたグルナーラは、嫌悪感を
あらわにする。しかし、バシャはその美しさを見逃さない。

逃れられぬ運命に
打ちひしがれる
メドーラ

海賊

　グルナーラが売られ、ハーレムへと送られていった直後、金持ちに扮したコンラッドがもどってきた。あやしまれないように顔をおおい、今の状況を見定める。競売はどこまで進んでいるのだろうか？　ちょうどそこに、また一人、競売にかけられる娘が運ばれてきた。

「さて、いよいよ本日最後の目玉！　これ以上の品は、そうそう入ってきやせんぜ」

　得意げな声でランケデムが告げた。

　先ほど、あれだけ派手な演出で登場させた娘以上の美貌の持ち主だというのだろうか？

　グルナーラを買い逃した客たちが気を取り直し、がぜん注目する。パシャはすっかり満足し、そろそろ帰り支度をしようかと考え始めていたところだった。

娘が運ばれてきた。今回はまわりを囲むはなやかな娘たちもなく、一人だけだった。しかし明らかに、娘の美しさは、大つぶのダイヤモンドのように際だっていた。

　今回はもったいぶらずに、ランケデムが娘の顔をおおっていたヴェールをさっと取った。

　おお！　感嘆の声がとどろく。

　メドーラ！

　コンラッドは息が止まりそうになった。すぐにも駆けより、抱きしめたい衝動をなんとかおさえる。

　メドーラはその優しい顔に苦悩をにじませ、絶望にうちひしがれていた。それでもなお、一縷の光を見いだそうと背筋を伸ばし、自身をふるい立たせている。その姿は、浜辺で出会った時よりも、はるかに神々しく、美しかった。

　なんとしても、救出する！

　心の中で、コンラッドはきっぱりと言い放った。

　パシャもほかの客も、予想をはるかに上回る美女が現れ、おどろき、立ちすくんでいた。

　メドーラがすぐ目の前にいる……。

　コンラッドはついつい近づき、手を差しのべようとした。だが、メドーラは、コンラッドが変装してもぐりこんでいるなどと、つゆほども思っていない。彼にまったく気づかず、おびえて目を合わそうともしなかった。

「すみませんが、旦那、大事な商品なんで、気安くさわらないでもらえますかね？」

　ランケデムが牽制した。

そう、この男にしたら、メドーラはべらぼうな高値で売れる商品にすぎない。

　げんに、大のお得意さんであるパシャは、すっかり浮き足立っていた。今さっき、絶世の美女を手に入れたと有頂天になったばかりだったのに、さらなる美女が出てきたのだ。こんな機会は二度とないかもしれない。もちろん、この娘も自分が手に入れる。しばらく楽しみがつきることはないだろう。

　ほかの客たちも、今度こそは競売で勝ちたいと思っていた。いくら金にものを言わせるパシャであっても、先ほどあれほどの大金を出したばかりなのだ。さすがに二度は無理だろうという計算もあった。

　客の目論みを見すかすように、ランケデムはメドーラを勿体つけながら披露してまわった。見れば見るほど、メドーラの清らかな美貌に、好色な客たちはますます心をうばわれた。

　ランケデムがメドーラを引きよせる。とっさにメドーラが力いっぱいふりはらおうとすると、勢いあまって、そばにいたコンラッドの胸にぶつかりそうになった。

　メドーラが顔を上げる。二人の視線が重なる。その吸いこまれそうな瞳に、メドーラははっとした。

　目の前の覆面男は、あの海賊のコンラッドだった！　メドーラは強く心を打たれた。しかし、すぐにランケデムが引き離しにくると、嫌がるメドーラを力づくで引っぱっていった。

　コンラッドのあせりがつのる。今にもメドーラが売られてしまう。どうやって切りぬければよいのだろうか。

　その瞬間、アリがコンラッドの思いを察知した。

「任せてくれ。おれが時間をかせぐ」

　いきなりアリはとびだした。一瞬で場の注目が彼に集まる。アリは軽快にとびまわり、ランケデムの鞭をうばい、挑発した。彼の思惑通りにことが運ぶ。ランケデムは鞭を取りかえそうと、あわててアリを追いかけまわす。しかし、鹿のように身軽なアリに右へ左へとふり回されるだけだった。まるで見せ物のような、滑稽な追従劇にみながどよめき、競売は一時中断した。そのすきに、コンラッドがメドーラにじりじりと近づく。

「ほらよ、返す！」

　アリはコンラッドの動きを目の端でとらえると、ランケデムへと鞭を放り、颯爽と走り去った。

　なんだったんだ、今のは……？

　ランケデムは息を切らし、汗だくだった。しかし、客の気が変わらぬうちに、できるだけ高値を引きだしたい欲深さから、間を置かずに競売を再開しようとした。

　コンラッドは動揺した。まだメドーラに手が届かない。

「待て。その必要はない」

　競りが始まろうという時、パシャが制止した。

　パシャは使いの者に声をかけ、両手で抱えるほどの大きな宝箱を持ってこさせた。中には金貨がぎっしりつまっている。先ほどグルナーラを買った時よりも、一桁も二桁もちがう額なのは明白だった。どんな大富豪も太刀打ちできないだろう。

　ランケデムは狂喜の声をあげ、直ちにパシャにメドーラを手わたした。

メドーラは、競売にかけられることとなった自らの不幸を嘆いた。
しかし、決して希望を失うまいと己をふるい立たせるのだった。

メドーラ奪還をはたし、奴隷市場を立ち去る海賊たち

海賊

「落札者は、トルコ総督のパシャ様に決まりです！」

　こうして最終の競売はあっけなく決着がついた。

　絶世の美女が二人も手に入り、パシャは天にものぼる気分だった。メドーラを抱きよせ、顔も身体もなでまわし、口づけの嵐をあびせる。メドーラは苦悶の表情をうかべ、身をすくませて必死にたえている。

　見たこともないほどの大金だった。あんな高値で買われてしまったからには、もう二度と、両親にも、姉のグルナーラにも生きて会えないだろう。相手がトルコ総督ともなれば、だれも手出しはできない。メドーラの心は絶望の淵に沈んだ。

　もう、がまんの限界だ。コンラッドはたまらず、二人の間に割り入った。

「この娘は、おまえにはわたさない！」

覆面や帽子や衣装を取りはらい、コンラッドは正体を現した。安堵の涙をうかべたメドーラを抱きしめる。

「メドーラ、待たせてすまなかった。もう大丈夫だ」

「ああ、もうだめかと思いました！」

　こうなれば、正面突破しかない。コンラッドはメドーラを脇によけると、剣を握り、攻撃に出た。

「いくぞ、ビルバント！」

　アリとビルバントも間髪入れずに加勢する。

　これまで、何度も危険な敵と戦い、窮地を切りぬけ、勝利を収めてきた。剣さえあれば、市場の男たちなど、赤子の手をひねるようなものだった。緻密で正確な剣さばきと、目にも留まらぬ立ち回りの速さで、あっという間に敵を威圧した。金持ちの客も、物乞いも、市場の男たちも、蜘蛛の子を蹴散らすようにいなくなった。

　パシャの鼻先に、コンラッドが剣を突きつける。

「た、た、た、助けてくれ……。命だけは……どうか……」

　必死で命乞いをするパシャ。コンラッドとしては、この男にうらみがあるわけではない。メドーラさえ奪還できれば、命を取るまでもなかった。

　コンラッドたちは、メドーラと、競売にかけられていた娘を連れて、その場を引きあげた。ついでにランケデムも捕らえ、ビルバントが連れていく。

　最後まで残ったパシャは、恐怖におののき、両手を広げてただ茫然自失とした。

海賊たちは隠れ処をめざして舟でこぎ出した。舟の行く手は厚い雲におおわれているが、
メドーラを無事取りもどした安堵感も手伝って、一行は、おだやかな時を過ごした。

男たちが
ひしめき合う、
海賊の隠れ処

海賊

　おだやかな夜の海を、一隻の舟がゆっくりと進む。こぎ手はアリ、乗っているのはコンラッドとメドーラだった。奴隷市場での緊張も解けた。アリはのんびりとこぎ、二人はくつろぎながら話し、ゆるやかに進む舟の行程を楽しんでいた。

　夜空を彩る月と星が、恋人たちの再会を祝福しているようだった。

「そうだ、まだ紹介していなかったね。こいつは、アリ。わたしの弟分で、腹心の友だ。いい名前だろう？　じつは、名付けたのは、わたしなんだ。なあ、アリ？」

「ああ。この名前をもらった時から、おれの人生は始まった」

　奥まった入り江から、海賊たちが隠れ処としている洞窟へ入っていく。ひんやりとした空気が心地良い。

　船の整備や、食料、水を調達するために上陸する時は、こ

の洞窟をよく使っていた。人目につかず、広さや温度湿度も快適で、町からもそう遠くないからだ。しかも、洞窟内には神秘的な碧にきらめく美しい湖もある。メドーラもきっと気に入るだろう。

　洞窟では、大破した海賊船の修理をしていた仲間たちが、つかれはてて眠りに落ちていた。いつ首領がもどってきてもすぐに出航できるようにと、休む間もおしんで働いていたのだ。男たちにとって、首領コンラッドとの冒険は、それほどかけがえのない時間だった。

「おまえら、ご苦労だったな。首領がおもどりだ」

　もどってきたアリは、仲間たちを起こし、コンラッドの帰還を伝えた。男たちは目を輝かせた。コンラッドのかたわらによりそうメドーラが、今回もコンラッドが見事に目的を果たしたことを示していた。

　続いて、ビルバントが、とらわれていた娘たちをともなって帰ってきた。本当は首領の舟をこぎたかったが、今回も年下のアリにその役目を取られ、少し不満だった。

　海賊たちは、大勢の美しい娘を見て、一斉に歓声を上げた。ついでに、戦いで捕らえた奴隷商人ランケデムも連行された。どう処するかはコンラッドの心しだいだったが、ひとまず命はうばわず、しばって閉じこめておかれることになった。

　コンラッドは、船を見事に修復した海賊たちをたたえた。そして、無事にメドーラを奪還したこともあわせて、今宵はみなで祝おうと宣言した。喜びの声が洞窟に響きわたる。

　そして、コンラッドの合図でにぎやかな饗宴が始まった。

隠れ処の洞窟へ、コンラッドが無事帰還すると、
海賊たちは喜びにわき、祝いの酒をくみ交わした。

首領の帰還を祝い、海賊たちは盛大に歌いおどる

　乾杯の音頭とともに、盛大な宴が始まった。こういう時、コンラッドは気前がいい。大盤振る舞いで手下をねぎらい、無礼講でみなと飲み食いする。コンラッドのそんな豪放さが、手下に慕われる理由のひとつだった。

　アリは海賊たちに請われ、奴隷市場でのメドーラ奪還劇を語る。みな目を輝かせて聞き入った。ビルバントも、負けじと話に加わり、酔いにまかせて大口をたたいた。

「あんな総督、船の上だったら、身ぐるみはがしてやったさ。あの奴隷商人だって、俺ならその場で撃ったな」

　みなつかれはてていたはずだが、宴となれば話は別だった。アリに、そしてビルバントにうまく乗せられ、どんどん力がみなぎりいっそう宴を盛り上げる。

　奴隷の身から解放された娘たちも、しばらく強面の海賊た

ちを前におびえていた。けれども、しだいに開放感と喜びを実感していった。

　コンラッドは今回も大活躍してくれたアリをねぎらい、ゆっくりと酒をくみ交わした。いつもながらの情景だ。

　美酒に酔いしれる海賊たちは、おどけて歌い、おどりだした。ばらばらにさわいでいたかと思うと、望遠鏡をのぞきこむしぐさをしてふざけたり、戦いを再現してみせたりした。おまけに、だれかが帆をかかげれば、ほかの男たちもよってきて、海賊船に似せた足取りをしてみせた。

　興が乗ってくると、コンラッドもおどりの輪に加わり、首領としての存在感を勇壮に見せつけた。コンラッドは、時に震えあがるほどの厳しさを見せる一方で、味方や手下に対しては海のように広い愛情をもち合わせていた。その度量の大きさに、男たちはあらためて見惚れるのだった。

　さらに、三人の娘が、この神秘的な洞窟にすまう妖精かと見紛うような可憐な舞いを披露した。ふだんは荒々しい海や敵との戦いに明け暮れる男たちにとって、まさに日常を忘れさせてくれるはなばなしい情景だった。

　続いて、ビルバントが銃を豪快に打ち鳴らした。まるで、自分の存在感を見せつけているかのようだ。

　夢見心地だった男たちは、一瞬、はっと我に返ったが、ふたたび剣を持ってとびまわった。さらに、娘たちも加わり、洞窟内はよりいっそうわき立った。

饗宴が始まると、海賊たちは美酒に酔いしれ夢見心地となった。
奴隷市場から逃げのびてきた娘たちも、
自由を謳歌するかのようにのびのびと舞いおどった。

愛を確かめ合う
コンラッドとメドーラ。
アリは二人の愛を
守ることを誓う

海賊

　みながおどりつかれ、宴は一段落ついたかに見えた。だが、最高の盛り上がりはこれからだった。

　合図を受け、アリがメドーラを支え、コンラッドへと導く。コンラッドとメドーラの、互いの気持ちを高め、愛を確かめ合うようなおどりに、だれもが見惚（みほ）れた。

　二人はまわりが頬を赤らめるほど、熱く見つめ合い、あふれる想いをおしみなく伝えた。おたがいにこれほど、世界が美しく見えたことはなかった。

　コンラッドはアリに目を留め、二人の愛のおどりに彼も招き入れた。なぜなら、コンラッドにとって、アリという男は、ただの手下ではなかったからだ。出会った日からいつも忠義を尽くしてくれ、今や自分にとって分身であり、魂（たましい）の片割れでもあり、まさにいつ何時でも欠けてはならない存在だった。

だからこそ、愛する女性をゆだねることに、微塵も躊躇しなかったのだ。

　アリにしても、コンラッドと思いはひとつだった。

　このアリという名を授けてくれたコンラッド。家族から引き離され、奴隷として酷使され、生きる希望を失い欠けていた自分を連れだし、血を分けた兄弟以上に慈しんで育ててくれたコンラッド。

　だから、どこまでも彼への忠誠心を純粋につらぬく。彼の選んだ女性ならば、同様に仕え、見守っていく心づもりだった。そして、コンラッドがここまで情熱的に、心底本気で愛する女性に出会ったのは、これが初めてだった。

　自らの崇高な意志を表明するかのごとく、アリは高々と空を舞い、竜巻のように回った。まさに大輪の花火のような、祝祭感あふれる跳躍だった。

　アリという男はもともと寡黙で、幼い頃から仲間とはしゃぐということもあまりなかった。ただ、その内実には熱いものを秘め、ここぞという時に爆発させる。宴の席のような機会でも、コンラッドにうながされると、ふだんでは見られない自由奔放で開放的な一面を見せることがあった。

　コンラッドの力強く大らかな愛に、メドーラもおしみなく優美に応える。浜辺で出会った時はまだ恋を知らぬ娘だったが、わずかな時間で、まるでさなぎが蝶に羽化するように、大人の女性へと見ちがえるほど成長していた。

コンラッドの力強い愛に応えるかのように、優しく舞うメドーラ。アリは、
そんな二人の愛を守ろうと、固く心に誓うのだった。

はなやかな宴の終わり。コンラッドに逆心を抱くビルバント

海賊

　コンラッドとメドーラが席につき、また仲むつまじく話しだす。

　そろそろ宴も終わりに近づいてきた。

　静けさがもどるにつれ、娘たちは、家族のことを考え始めた。どの娘も、ある日突然家族と引き離され、さらわれてきた者ばかりだったのだ。

　ひとたび家族の顔が脳裏によみがえったら、あとはもう家に帰りたくてたまらない。奴隷でなくなったのならば、家に帰してもらえないだろうか……？　そこでメドーラに、コンラッドにかけ合ってくれるよう懇願する。メドーラも、娘たちの気持ちは痛いほど理解できた。

「コンラッド様、お願いです。どうか、この娘たちを、家に帰してあげてください」

メドーラに頼まれ、コンラッドは迷った。しかし、もともと気のいいコンラッドだ。たしかに娘たちは気の毒だし、メドーラの頼みとあれば嫌とはいえない。

「わかった。せっかくだから、これを足しにするといい」

　コンラッドは手下に命じ、宝箱を持ってこさせた。なんと、帰宅を快諾するのみならず、手に入れた宝も気前よく分けてやったのだ。

　娘たちは泣きじゃくりながら喜び、メドーラとコンラッドに厚く礼を述べた。

　海賊たちは、コンラッドの太っ腹なふるまいに少々おどろいた。だが、時として、海賊らしからぬ情けを見せるのが彼の魅力でもあった。この鷹揚さゆえに、手下からしたわれ、陸で羨望のまなざしを浴びるのだろう。

　それに、海賊にとって、首領は絶対的な存在だ。どんな判断も、信じてついていくしかない。

　しかし、納得せず、これに憤ったものがいた。ビルバントだった。

　首領は自分だけメドーラのような美女を手に入れ、ほかの娘たちは一人残らず手土産を付けて家に帰すだと？　ふざけるな！

　じつのところ、ビルバントにとって、おもしろくないことは、これまで何度もあった。

　そもそもコンラッドは、いつだってアリをいちばん贔屓している。年も経験も、ビルバントの方が上だというのに、何かあると、まっ先にアリを頼り、指示をあたえる。彼がどれ

だけ苦労して同じ手柄を立てても、最初にほめられるのはアリだった。長年くすぶっていた不満が燃え上がり、火山が噴火するように、一気に爆発する。

　洞窟を去ろうとする娘たちを、ビルバントは制止した。宝箱を取り上げ、娘を突きとばす。

「いい加減にしろ！　あんたのやり方には、ほとほとうんざりだ！　俺たちが勝ちとった宝だろ？　なんで勝手にくれてやるんだよ！」

　ビルバントはコンラッドに食ってかかった。

　コンラッドは動じない。手下の反抗はもう何度も経験している。こんな時はだれが船の持ち主で、だれが首領かを今一度知らしめる。海賊の世界で秩序を保つことは何より重要だ。

　力の差は歴然だった。あっという間にビルバントはコンラッドにねじふせられた。

　それでも、今回のビルバントは怒りが収まらなかった。短剣を握り、背を向けているコンラッドに襲いかかる。だが、すぐにアリが飛びつき、その短剣をうばった。ビルバントは絶体絶命の危機に追いこまれた。

　コンラッドはアリから短剣を受け取った。ビルバントの喉元に短剣を突きつける。

　見せしめに殺したほうがいいのだろうか？

　しかし、情に厚い彼は、これまで長年自分に仕えてきたビルバントの命を、情け容赦なくうばうことに躊躇した。

「首領、俺が悪かった。お願いだ、勘弁してくれ」

　ビルバントは力なく言葉を発し、反省しているそぶりを見

せた。その姿を見て、コンラッドは今一度、つぐないの機会をやろうと彼をゆるした。

　だが、この温情はあっけなく裏切られる。

　一人になったビルバントは、彼に近い手下を呼びよせた。この男も、自分より年下のアリが、いつも贔屓されるのを日頃から快く思っていなかった。先ほどビルバントに加勢しようとしたのもこの男だった。

　ビルバントは、ランケデムを連れてくるように命じる。男は一瞬ためらったが、ビルバントに従った。後ろ手でしばられたランケデムが連れてこられる。

「なあ、あんた、俺と組まないか？」

　ビルバントがにやりとする。

　ランケデムは話に耳を傾けた。頭の中で、計算高くたくらみを展開させる。

　なんだよ、海賊ども、仲間割れか。でも、悪い話じゃないな。いや、それどころか、あの憎き海賊野郎から、借りを二倍、いや十倍にして返してやれるかもしれない。

　ランケデムはうなずいた。

　ビルバントは、ランケデムをしばっている縄を切るように手下に命じた。手下は躊躇するも、ここまで関わってしまった以上、もう引き返せなかった。ビルバントに怒鳴られ、縄を切った。

　両手の自由を取りもどしたランケデムは、悪い笑みをうかべた。

　二人は結託の握手を交わした。

コンラッドへの逆心がおさえられなくなったビルバント。
あろうことか、奴隷商人ランケデムに共謀を持ちかけた。

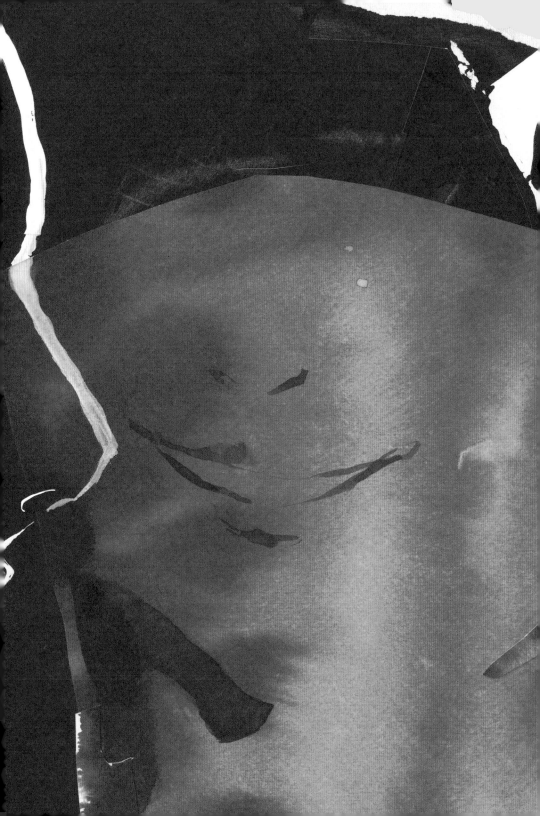

恋人たちに
ようやく訪れた
安息のとき

海賊

　宴が終わり、夜もふけ、みな眠りについた。

　コンラッドとメドーラはやっと二人きりの時間を持つことができた。

　二人の出会いからここまで、何もかもあわただしかった。ランケデムにメドーラがさらわれ、奴隷市場で競売にかけられた。戦いの末、メドーラを奪還して逃げ、ようやく洞窟にたどりつき……。

　よく考えたら、二人はまだ出会ってからそう日が経っていなかった。だが、もう長年連れそっているような気がする。とはいえ、おたがいにまだ知らないことはたくさんあった。

　二人は、自身のこと、家族のこと、これまでの人生のことを思いつくままに語りあった。

　海賊の世界を知らないメドーラにとって、コンラッドの話

はひとつひとつが新鮮だった。七つの海の先にある大陸や島々の風景、肌や髪の色が異なる人々との交流など、何もかもが興味深い。血わき肉おどる冒険譚の数々も、目を丸くしながら熱心に聞き入った。

　コンラッドは、これまであえて他人と共有しなかった話題、海賊という道を選んだ理由、船を手に入れたときの達成感、忠実なアリとの出会い、これからの野望なども、メドーラには不思議と話すことができた。

　メドーラは、家族とイオニア海を何より愛していた。
「このドレス、イオニア海と同じ碧ね。わたしのために選んでくれたのでしょう？　うれしいわ。ありがとう」
　メドーラが白い水仙のように微笑んだ。

　コンラッドは、メドーラの家族に対する愛情の深さに感銘を受けた。とりわけ、幼い頃からずっと仲良しの姉とのさまざまな話は、微笑ましかった。海賊にとって、家庭など絵空事だと、コンラッドはこれまで思っていた。しかしメドーラと出会い、新しい夢に家庭という二文字が加わった。
「姉さんは……、グルナーラは今頃どうしているかしら？」
　自分の前に売られていった姉を思い、メドーラは涙をうかべた。
「大丈夫だよ。近いうちに、姉さんを取り返しにいこう」
　コンラッドの力強い言葉に、メドーラは安堵した。彼が言えば、きっとその通りになる。すぐにグルナーラと再会できるだろう。

　おたがいを知るほどに、二人の絆はより深くなるのだった。

身をよせ合い、語らうコンラッドとメドーラ。
二人の間に甘美な時間が心地よく流れる。

コンラッドとメドーラに襲いかかる裏切り者の刃

コンラッドとメドーラは幸せな気分にひたっていた。そんな夢心地の気分の最中、コンラッドははっとした。

何かおかしい。

不審な気配を察知したコンラッドは、アリを呼んだ。

すぐにアリが駆けつける。

「あやしい者が入りこんでいないか、見てきてくれ」

「わかった」

コンラッドの命令を受け、アリは周辺を見回りにいった。

その直後、手下の二人が音も無くやってきた。ビルバントに寝返った男たちだった。

「どうした、おまえたち?」

「いや、ちょっと眠れなくて、散歩でさぁ」

「では、さっきの物音は、おまえたちだったのか?」

コンラッドは、まったく不審にも感じず、二人にこれといった注意もはらわなかった。

　メドーラに夢中のあまり、さすがのコンラッドも、警戒心にゆるみが出ていたのだろうか。ここで仲間に裏切られようとは、微塵も想像していなかった。

　二人がさりげなくコンラッドに近づく。

「へへ、すみません、お取りこみ中……」

「なんなんだ、おまえたちは一体……。うっ」

　一瞬のすきに、一人がメドーラを一突きで気絶させた。もう一人は後ろからコンラッドに抱きつき、薬をしこんだ布を顔に押し当てた。

　コンラッドが抵抗する。だが、しだいに意識が遠のいていく。よろよろと倒れこみ、やがて気を失った。

　状況をじっとながめていたビルバントとランケデムが、早足に歩いてきた。倒れているコンラッドとメドーラを見て、にたりと笑う。

　よし、計画通りだ。

　ビルバントとランケデムは、念のため顔を布でおおった。いつ何時アリがもどってくるかわからない。もたもたしている余裕はなかった。

　ランケデムがビルバントに剣を手わたす。かたく握ったその短剣を、ビルバントはコンラッドに向けた。

ビルバントの手下となった海賊たちが、コンラッドとメドーラに
忍びよる。二人に再び危機が訪れた。

再び、奴隷商人の手に落ちるメドーラ

海賊

　じつはメドーラは気を失った後、すぐに意識を取りもどした。しかし、下手に動けば、自分もコンラッドも命が危ない。アリがもどるまで、どうやってしのいだらいいだろうか。

　ビルバントが短剣を手に、向かってくる。もう時間がなかった。メドーラはこぶしをぎゅっと握った。

「悪く思うなよ、首領。自業自得ってやつだ」

　コンラッド目がけて短剣を振り下ろそうとした瞬間、メドーラはビルバントの顔に砂をぶちまけた。

「ぎゃっ！」

　目つぶしをくらい、ビルバントはさけび、とびのいた。短剣を落とし、うずくまって目を押さえる。

　ランケデムがメドーラを捕らえ、抱えて連れ去ろうとする。しかし、メドーラはすばやく逃げた。するとすぐ目の前に、

短剣が落ちていた。短剣をつかむ。ふたたび男たちが襲いか
かってきた。メドーラは短剣をふりかざし、ビルバントの右
腕を斬りつけた。

　だが、メドーラの反撃もそこまでだった。どう抵抗しよう
とも、屈強な男が四人も相手では、まるで歯が立たない。

　メドーラがコンラッドを懸命にゆり起こす。しかし倒れた
まま、目を覚ます気配はなかった。

　必死でもがくもむなしく、ついにメドーラは男たちに捕ま
った。すぐに抱えられると、闇の奥へと連れ去られた。

　ビルバントはまだしゃがんだまま、切られた右腕を押さえ、
うめいていた。メドーラがさらわれたのを見て、自分も一緒
に逃げようとする。しかしすぐ先に、不気味な笑みを浮かべ
たランケデムが立っていた。

「おいおいおい、まんまと引っかかったな。あの海賊様もま
さかおまえが黒幕とは思わないだろうよ。とにかく、だまさ
れてくれて、ご苦労さん」

　ランケデムはビルバントをけとばし、高笑いをすると走り
去っていった。

　少し遠くからアリの足音が聞こえる。ビルバントは焦った。

　首領を裏切ったものの、奴隷商人にあっさり裏切られた。
だが俺は、これくらいでくじけない。海賊ならば、やられた
ら、やり返すまでだ！

　ビルバントは怒りに燃えながらも、ひとまず隠れた。

　あくまでも冷酷非情で自分至上主義な男だ。陸の民が持つ
「海賊」像は、じつはコンラッドよりも、アリよりも、ビル

バントが合致するのかもしれない。

　メドーラの悲鳴を聞きつけたアリが、あわててもどってきた。だが、メドーラの姿は見当たらない。忽然と消えてしまった。コンラッドのみが地面に倒れている。

「コンラッド！　何があった！？」

　アリはコンラッドの体をゆさぶり、必死で呼びかけた。

「おい、みな集まれ！　緊急事態だ！」

　すぐに仲間の海賊たちも集まった。

　やがて、コンラッドは目を覚ました。まだ薬が効いているのか、足元はおぼつかず、立つのもひと苦労だった。だが、意識はすぐにはっきりした。

「メドーラは？　メドーラはどこに？」

「おれがここにもどって来た時点で、メドーラ様の姿はなかった。何者かが、さらっていったようだ」

　アリはうつむいた。

　またしても、メドーラを失ってしまった……。

　コンラッドはがっくりと肩を落とした。

　意識を失う前のことを思いだそうとする。メドーラと一緒にいたら、手下の二人がふらりとやってきて……。まさか……あいつらが裏切ったというのか……？　首謀はだれだ？裏で手を引く者がいるはずだ……。

　そこに、ビルバントが駆けこんできた。

「首領、無事ですか！？」

　右腕に布を巻きつけ、何食わぬ顔で作り話を報告する。

　裏切り者がランケデムと結託し、メドーラをさらって逃げ

た。自分はランケデム一味を食い止めようと戦い、右腕にこのいまいましい傷を負った、と。

「おそらく奴は、トルコ総督パシャの元へ向かっただろう」

コンラッドが怒りにふるえ上がる。

一度ならず二度も、メドーラをうばわれた屈辱は計り知れなかった。だが、一度だろうと二度だろうと、地の果て、海の果てまでも追いかけ、必ずやメドーラをうばい返す！

コンラッドは固く心に誓った。

「今度こそ容赦しないぞ、ランデケム！」

コンラッドは、自分に言い聞かせるようにつぶやいた。

それから一呼吸おき、コンラッドはまわりの海賊たちに告げた。本気になればなるほど、冷静沈着に判断できるのが、このコンラッドのすごさでもある。

「次の標的が決まった。今回は海でなく、陸だ。トルコ総督のパシャ。陸海問わず、あれほどの金持ちはそういない。主たる目的はメドーラ。後は、金だろうと、宝だろうと、女だろうと、好きなだけうばうがいい。コンラッド率いる海賊団の恐ろしさを嫌と言うほど見せつけてやろうではないか！」

コンラッドの雄々しい叫び声に合わせ、海賊たちの威勢良いかけ声が洞窟中に響きわたる。海賊たちにとって、本領を発揮する絶好の機会だ。みな疾風のように洞窟を後にする。

だが、ただ一人、うろたえた者がいた。ビルバントだ。

メドーラには顔を見られなかったが、ランケデムに真相を暴露されまいか？ こうなったらいちかばちかだ！

ビルバントも腹をくくり、仲間の後を追うのだった。

美女に囲まれた
ハーレムで
幻想に酔いしれる
サイード・パシャ

海賊

　ハーレムでは、パシャは今日も水タバコを吸い、うっとりと幻想（げんそう）を見ていた。

　花が咲（さ）き乱れるこのハーレムに、この世のものとも思えない美女たちが、自分のまわりをふわりふわりと舞っている。とらえどころがなく、捕まえようとしても、するりと逃げられてしまう。追いかけると逃げ、離れると近づくのくりかえしだった。美女の動きに合わせて、なんともかぐわしい香りもただよっていた。

　ふっと、パシャが目を覚ます。

　夢の中の美女にも負けない美女が、現実にもいることを思い出す。奴隷市場で買ったばかりのグルナーラのことだ。もう一人の美女、メドーラはさらわれてしまい、パシャはくやしくてならなかった。

パシャはグルナーラを呼びつけた。

　宝石をちりばめた豪華な衣装をまとったグルナーラは、その美しさにいっそうみがきがかかっていた。しかし、表情は暗く、うつろだった。

　これほど贅沢をあたえているにも関わらず、グルナーラがいまだに嫌悪感を露骨に示すことに、パシャはだんだんといらだってきていた。トルコ総督で大富豪のこの自分が、愛妾にしてやると言っているのだ。こばむなど、傲慢にもほどがあるまいか？

　しかし、いくら甘い言葉をかけようと、なだめようと、グルナーラは少しも心を開かなかった。

　ついに、パシャの堪忍袋の緒が切れた。（そもそも、堪忍袋など無いに等しいくらいの短気だったのだが……。）

　パシャは、グルナーラを奴隷としてあつかうと宣言した。そして、ほかの娘の奴隷たちを呼びつけ、一緒におどるように命じる。

　こんな男の愛妾にされるくらいなら、奴隷のほうがどれほどましだろうか。グルナーラは絶望をかみしめながらも、だまって従うだけだった。

花が咲き乱れるハーレムで、この世のものとは思えぬ美女が舞いおどる……。
サイード・パシャは、現実の世界で身の回りに多くの美女を侍らせながら、
幻想のなかでも美しい女たちの姿を夢見るのだった。

再会する姉妹。
そして、
最後の戦いが始まる

海賊

　グルナーラたちがおどっているところに、使いの者があわてて駆けこんできた。奴隷商人のランケデムがやってきたのだという。海賊に捕まり、メドーラと共に連れ去られたはずだった。これはきっとよい知らせだろう。

　パシャはすぐにランケデムを中に入れるように命じた。

　やってきたランケデムが不敵の笑みを浮かべる。

「逃げだすのに、苦労しましたよ。ですが、パシャ様のためになんとかぬけ出し、とっておきのものを持ってきました」

　ランケデムはいったん下がり、すぐに娘を抱えてもどって来た。ヴェールでおおわれた顔をパシャの前であらわにする。

　そこにいたのは、なんとメドーラだった。

「おお！　お前、でかしたぞ！」

　パシャは大喜びだった。グルナーラが思いのままにならな

くても、この娘がいれば十分だ。

　おどろいたのはパシャだけではなかった。

　少し離れた場所から二人のやりとりを見ていたグルナーラ
も、目を見はった。もう二度と生きて会えないと思っていた
妹のメドーラが、すぐ目の前にいるではないか！

　グルナーラの目に涙があふれる。駆けよって、愛する妹を
抱きしめたい衝動をおさえきれない。しかし、パシャの使い
に制止されてしまった。

　メドーラはまだグルナーラに気づいていなかった。奴隷市
場で先に競売にかけられたため、グルナーラの行き先をまっ
たく知らなかったのだ。悲嘆にくれるメドーラは、パシャも、
周囲も、まったく見ようとしていなかった。

　グルナーラたちはいったん下がると、果物を持ってパシャ
の元へもどってきた。

　メドーラが顔を上げ、奴隷の娘たちを見る。自分も、これ
からあのようなことをするのだろうか……？　その時、はっ
と目を見ひらいた。娘たちの中に、なんとグルナーラがいた
のだ！　グルナーラは妹の視線を感じ、胸がいっぱいになっ
た。しかし心とは裏腹に、知らないふりをするよう合図を送
る。姉妹だと知れたら、パシャがどんな邪なたくらみを抱く
かわからない。それでも、なんとかパシャの目をぬすみ、二
人は抱き合った。必死にこらえるも、喜びの涙が止まらない。

　そんななか、外からさわがしい音が聞こえてきた。銃声が
とどろき、パシャの使いが倒れた。パシャがランケデムに剣
をわたす。見張りの者たちもあわてて駆けこんできた。

先陣を切って登場したのはアリだった。次々と海賊たちがパシャのハーレムになだれこむ。見張りもランケデムも、百戦錬磨の海賊たちにはとても太刀打ちできなかった。

　深手を負ったランケデムは、命だけは助けてくれるよう、そばに立ったビルバントにすがりついた。

「あんたさ、自分は俺にどうしたか、思い出しなよ」

　ビルバントはにやりと笑い、非情にもランケデムの首を斬りつけた。

　コンラッドがパシャを追いつめる。パシャは、財宝でも女でも、好きなだけやるから命を助けてくれと懇願した。コンラッドの気持ちは、前回と変わらなかった。パシャにうらみはない。メドーラさえもどってくれば、この男の命を取るつもりはなかった。

　コンラッドはメドーラを見つけ、強く抱きしめた。

　もう二度と離すものか！

「メドーラ、奴隷の娘たちと一緒に外へ出てくれ。アリに先導させよう。わたしもすぐ行く」

　その言葉に従い、出口に向かおうとした時、メドーラはビルバントと鉢合わせた。ビルバントの右腕には、布が巻いてある……。

　メドーラははっとした。自分を襲ってきた男の右腕に切り傷を負わせたことを思い出す。メドーラはビルバントの右腕の布をはぎ取った。そこには、生々しい切り傷があった。

　すぐに、コンラッドの元へいき、真実を明かす。

「あの人が、裏切り者です。あの切り傷を見てください！

さらわれるときに、わたしが斬りつけました」

　ビルバントが恐怖に顔を凍りつかせ、必死に首をふる。だが、もう嘘は通用しなかった。コンラッドは短剣をビルバントに向ける。アリは異変に気づき、警戒しながら様子を見守った。しかし、コンラッドはまた、思い留まってしまった。

「おまえは、殺す価値すらない男だ。もう二度と、わたしの前に姿を現すな！」

　コンラッドは言い放ち、ビルバントを捨て置いて立ち去ろうとした。ところが、コンラッドが背を向けて歩きだしたとたん、ビルバントは銃を拾い上げ首領の背中に銃口を向けた。

　アリが、言葉にならない叫び声をあげる。

　バン！

　銃声が鳴り、コンラッドはふり向いた。あたりに鮮血がとびちっている。そのなかに倒れていたのは、アリだった。

　アリは、銃弾を受けた体でよろよろと立ちあがり、剣を握ってビルバントに向かおうとする。けれども、その思い空しく反撃はかなわず、もう一度倒れこんだ。

　コンラッドが駆けよる。

「アリ！　アリ……！」

　自分の判断が甘かったために、いちばん忠実な友を犠牲にしてしまった。コンラッドは、何よりもまず己を責めた。しかし顔を上げ、ビルバントの姿をとらえた瞬間、激しい怒りが腹の底から湧きあがる。何度も裏切られたあげく、大切なアリを傷つけられた。抑えきれない感情のままにアリを襲った銃を握ると、コンラッドはビルバントの身体を撃ちぬいた。

アリはコンラッドの身代わりとなり、銃弾を受けた。コンラッドの胸に、
激しい怒りと悲しみが押しよせた。

コンラッドとメドーラの新たなる船出

海賊

　よく晴れたある日、夜明け直前に、一隻の海賊船が出航しようとしていた。風向きもほどよく、波もおだやかで、船出にはうってつけの日和だった。

　乗っているのはコンラッドとメドーラの二人だけだ。立派な船に、乗員がたったの二人とは、なんとも味気ない光景だった。

　コンラッドは、一本の羽根かざりを大切に胸に抱いていた。アリがいつも頭に付けていた羽根かざりだった。かつて、二人が一緒に冒険に出るようになった頃、コンラッドがおくったものだった。それまで、アリはおくり物など受けとったこともなく、コンラッドが目を丸くするほど盛大に喜び、眠るときでさえお守り代わりに身につけていた。

　死のその瞬間まで、自分に最大限の忠誠を尽くしてくれた

アリ……。今でも、思い出すだけで、コンラッドは胸がしめつけられた。

　羽根かざりをそっと海に流す。海底まで見えそうなほど透明な碧い海に、ゆらりゆらりと沈んでいく。

　これで、真の海の男であり、だれよりも勇ましい海賊だったアリも、安心して海に還ることができるだろう。

　わたしもいつの日か、おまえの元へいく。それまで、ゆっくり休んでいてくれ。

　次に、コンラッドはゆっくりと帽子を取った。自分の船を所有し、海賊の首領になってから、ずっとかぶってきた。自分にとって、海賊の象徴ともいえるものだった。

　だが、この先、残りの人生は、この帽子に頼らずに生きていくつもりだ。

　アリとともに七つの海を自在に駆けまわった海賊コンラッドは、今日を限りにこの世から消える。

　メドーラがコンラッドによりそう。メドーラも、故郷に別れを告げ、姉のグルナーラとも離れ、コンラッドとこの先の人生を共にすると心に決めていた。

「息子が生まれたら、アリと名付けよう」

　コンラッドがメドーラを抱きよせた。

　二人の船旅がどこへ向かうのかは、だれにも分からない。ただ、これまでのような冒険には終止符をうち、静かに暮らすつもりだ。二人で……。

コンラッドとメドーラは、アリの羽根かざりを海へと還し、
新しい世界へ向けてこぎ出すのだった。

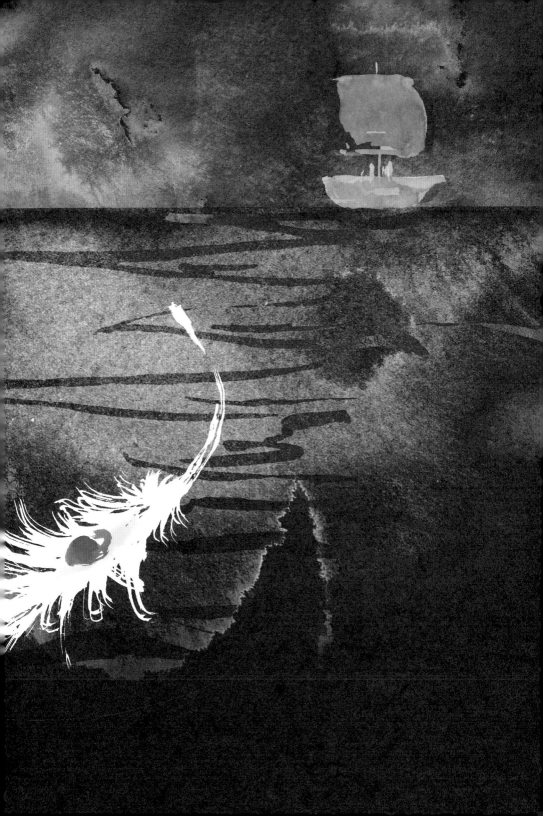

熊川哲也インタビュー

『熊川版 海賊』
小説化によせて

Interview with
Tetsuya Kumakawa

聞き手＝神戸万知

時空をこえて受けつがれる
男たちの冒険活劇

不遇の名作に
再び生命をあたえたい。
それが、熊川版『海賊』の出発点

　良いバレエ団にとって、多くのレパートリーを持つことは不可欠です。私自身も、1999年にKバレエカンパニーを設立して以降、自分自身のアイデンティティを注ぎこんだ作品を、数々世に送り出してきました。

　『海賊』という作品は、メドーラとアリがおどる一部分はとても有名で、コンクールやガラ公演でも常連となっています。しかし、全幕作品としては非常にマイナーで、レパートリーに持っているバレエ団はほとんどありません。率直に言えば、「どこか不完全燃焼」という印象がぬぐえない作品だったのです。

　その原因は複数の作曲家の曲を寄せ集めて作られていたことと、物語の魅力（みりょく）が不足していたことにあると思います。『海賊』は、19世紀にイギリスの詩人、バイロンが書いた詩を原作として生まれた作品ですが、詩から物語となる要素をうまく抽出できていなかったのでしょう。

　私は以前から、「男たちが七つの海をわたる」という作品の無骨な世界観に魅力を感じていました。大胆（だいたん）に手を加えることで、素晴らしい作品にできるのではないか。その予感と創作意欲が、熊川版『海賊』の出発点となりました。

ストーリー、衣装、舞台装置……。
すべてが融合し、再構築された
『海賊』の世界

　『海賊』を魅力的な作品としてよみがえらせるために、まず必要だったのはストーリーを再構築することでした。そのために、人物の相関関係をあらい直し、各キャラクターの人物像を細かに分析していきました。

　また、舞台装置と衣装も、作品の世界観を表現するために重要なものなので、非常に力を入れました。舞台の象徴となる海賊船は、まるで本物の船のように作りこみ、衣装も、海賊の服を汚れているように加工したり、パシャの衣装をとことん豪華なものにしたりと、できる限りの工夫をこらしました。

　そして音楽。観客一人ひとりの耳に残り、なおかつ物語の起承転結や登場人物の喜怒哀楽と合致しないと、バレエは成立しません。

　各場面にふさわしい曲を探し出すために、歴史上『海賊』に関わってきた6人の音楽家の曲をかき集め、ぴったり合う曲を掘り起こしていきました。気の遠くなるような作業で

したが、「これ」という曲が見つかったときの喜びは、何にも代えがたいものでした。

『海賊』という作品に向き合ったことが、キャリアの分岐点になった

Kバレエカンパニーが『海賊』を初演したのは2007年のことで、当時の私はまだダンサーとしての役割に比重を置いていました。しかしその一方で、振付家・演出家としても5、6作品を手がけていて、ちょうど経験値が蓄積されていたころでした。そのためか、『海賊』をつくる過程では初めて、「作品に自分のアイデンティティを注ぎこむことができた」という手応えがありました。この経験があったからこそ、のちに

『カルメン』『クレオパトラ』『マダム・バタフライ』など、独自の作品を生み出すことができたのだと思います。

『海賊』は私のキャリアの中で分岐点になった作品であり、Kバレエカンパニーにとっても欠かすことのできない作品になりました。

男性的な強さだけでなく、美しさ、はなやかさもかね備えた作品

バレエでは、女性の活躍が目立つ作品が多く、男性が主役でリードしていく『海賊』は、珍しい作品なのかもしれません。首領のコンラッドと、アリの男同士の友情は、物語の中軸を成すものでもあります。

しかし、この作品の見どころは、

Interview with
Tetsuya Kumakawa

©鷲崎浩太朗

それだけではありません。恋愛や、メドーラとグルナーラの姉妹の物語など、ロマンティックで美しい場面もふんだんに盛りこまれています。武骨な一面もありますが、非常に華もある作品なのです。

観る者に強い印象をあたえる、「アリ」という役どころ

『海賊』では、アリについての質問を受ける機会が多いのですが、じつは、個人的にはアリという役を特別に意識したことはありません。アリに思い入れを置いて観てくださる方が多いのですが、作り手としては、すべての登場人物を平等に位置づけてきたつもりです。

アリのおどりは私の十八番でしたが、じつは、バイロンの詩にも最初に上演された『海賊』にも、アリは登場しない人物です。作品が生まれた当時、おどれるダンサーがいたので、彼のためにアリという役がつくられたのだそうです。

しかし主人公ではないにしろ、アリは派手で存在感のある役だということはまちがいないでしょう。

無邪気な妹、メドーラとしっかりものの姉、グルナーラ

熊川版『海賊』では、妹がメドーラで姉がグルナーラですが、版によっては二人が親友だったり、メドーラのほうが姉だったりと、さまざまな設定があるようです。

構想を練り始めたころは、どちらが姉でも妹でも、作品として成立すると思っていました。ただ、海賊船

Interview with
Tetsuya Kumakawa

が難破して、傷を負ったコンラッドに恋をするのはメドーラ。二人が恋に落ちるには、まず接近しなければならない……。そう考えていくと、メドーラを妹とした方が、無邪気にコンラッドに近づいていく姿が想像できました。作品中で、姉妹は一度引き裂かれますが、再会後も姉は妹の世話を焼きます。しっかりものの姉と行動的な妹。そんな姉妹像が、私のなかではしっくりきたのです。

悩みぬいた末に生まれた、衝撃的な結末

『海賊』の結末は、非常に悩みました。アリが首領を守り、身をていして銃弾（じゅうだん）を受けるという展開までは、確信をもって決めることができましたが、その後で死なせてよいものかどうか、なかなか正解が導き出せませんでした。

アリが銃撃（じゅうげき）された後、最後に船出をするシーンがありますが、そのとき、包帯を巻いたアリを一緒（いっしょ）に船に乗せようという案もありました。また、コンラッドとメドーラ、アリとグルナーラの二組を船へ乗せるという案も考えていました。劇中では発展しませんが、アリとグルナーラが船上で寄り添う姿から、二人の関係を観客に想像してもらえたらいいと思ったのです。しかし、『眠れる森の美女』や『白鳥の湖』がそうであるように、バレエは最後に姫と王子の二人になるのが王道です。そのた

め、最終的にはバレエの定義にのっとって、コンラッドとメドーラが二人で結末を迎える展開にしました。

言葉や絵を通して、海賊たちの冒険を体験してほしい

私は時空をこえた古い物が好きで、古書を集めています。作者の息吹（いぶき）を感じることにロマンがあると思うからです。じつは、初版初刷りのバイロンの『海賊』も所有しています。

今は、さまざまなことがペーパーレスでできる時代ですが、私はそのことに危惧を感じています。本だからこそ伝わる歴史や、人とのつながりがあるはずで、それを大事にしたいのです。私がバイロンを持っているように、何百年後かの人が、この本を手に取ってくれたらうれしく思います。

バレエの舞台では、音楽の生演奏（なまえんそう）やおどりの迫力（はくりょく）を体感し、その上で、起承転結があるストーリーに心を動かされます。本では音楽もおどりも感じることはできません。しかしそのかわりに、言葉や絵から想像力をふくらませていくことができます。この本を手に取った人が、読書を通して、まるで七つの海へと航海に出かけたような気分になれたら、最高ですね。

子どもから大人まで、頭のなかで文章がおどり、絵が動くような、そんな想像力をかき立てられる読書体験をしてほしい。そう願っています。

海賊 Le Corsaire

Ballet Stories, produced by Tetsuya Kumakawa

2020年10月30日　初版発行

芸術監修 ····· 熊川哲也

文 ················· 神戸万知

絵 ················· 粟津泰成

発行者 ········· 常松心平

発行所 ········· 303BOOKS

　　　　　〒162-0842　東京都新宿区市谷砂土原町2-7-19
　　　　　電話 050-5373-6574

デザイン ····· 細山田光宜、藤井保奈（細山田デザイン事務所）

編集 ············· 中根会美

印刷所 ········· 共同印刷

ISBN978-4-909926-04-3　C0073
NDC769　88p